Hong Kong
& outros poemas

Hong Kong
& outros poemas
Antônio Moura

Æ
Ateliê Editorial

Copyright © 1999 by Antônio Moura

ISBN 85-85851-92-9

Editor Plínio Martins Filho

Direitos reservados à

Ateliê Editorial

Rua Manoel Pereira Leite, 15
06700-000 – Granja Viana
Cotia – SP – Brasil
Telefax (0xx-11) 7922-9666

Printed in Brazil   1999
Foi feito o depósito legal

A Aurélia Moura, *in memorian*,
e Marta Nassar.

Talvez esse discreto silêncio sobre os textos roídos fosse ainda um modo de roer o roído.

Machado de Assis

Sumário

O Drama Cósmico – *Benedito Nunes* 13

Hong-Kong 17

&

O Carro de Apolo 21
Apartado 23
Julho 25
Véspera 27
Casa-Noite 29
Mocambo 31
Álbum 33
Pedra 35
Newly-arrived in the house of 37
Recém hospedado na casa dos 39
Canícula 41
Numa estação do metrô 43
Friburgo 45
Abril, 22, 1999 47
1922/1992 49

NOITES, DIAS

Musa 53
Noites, Dias 55
Caça 57
Li Shang Yin, li-o 59
Setas 61

O jardim do palácio 63
Sabá 65
Ékstasis 67
Almoço na relva 69

MANHÃS

Gênese 73
No 2o. andar da manhã 75
Outra manhã 77
Aurora, arara 79

RUÍDOS

As traças 83
Somente 85
Arar 87
Aqui 89

O Drama Cósmico

BENEDITO NUNES

Até que ponto a lírica suporta o "desaparecimento elocutório do poeta", a supressão do sopro pessoal de sua frase, da respiração expressiva do verso? Se o poema, destinados a todos e a ninguém, implica sempre, como Gottfried Benn afirmou, na questão do Eu, não será esse desaparecimento a metamorfose do sujeito de enunciação? É o que perguntamos diante desses últimos textos de Antônio Moura – severos, ascéticos, impessoais, os versos como que desenhados na página. Pode-se admitir que aí o sujeito de enunciação tenha se transformado num sujeito operatório, regulando, por meio de livres associações entre palavras, de tmeses, de pausas parentéticas, de repetições, de espaçamentos internos, a estrutura arquitetônica dos poemas.

O que é Hong-Kong senão a exótica porém calculada sonoridade de gongo chinês da palavra Hong-Kong? Mas não são tão livres as associações entre palavras (uno/hunos; sumo/húmus; floresta/besta, etc, etc,); também funcionando como rimas internas, integram o significado total – *le mot total* – da composição a que se submetem. Sem formar apenas um detalhe visual, os recortes de sílabas ou letras obedecem à mesma economia. Unidades completas de significação, as pausas parentéticas atuam mediante acréscimo ou contraste de sentido, para o que também contribuem as rimas internas, os espaçamentos e repetições. Já se vê, portanto, que o sujeito só é operatório porque partícipe do jogo de sentido em cada poema travado.

Não há jogo de sentido sem disposição de ânimo, sem vínculo afetivo do poeta com a linguagem. Porque jogando esse jogo, o sujeito de enunciação, nunca suprimido, continua, como Eu, a falar-se, a dizer do mundo quando e quanto diz de si mesmo.

Desde *Dez*, o primeiro livro de Antônio Moura, o Eu, embora pronominalmente sustentado, já falava em surdina, com uma capacidade de despersonalização dramática que o leva a dialogar com a Lésbia de Catulo e a identificar-se com Aquiles, como agora, em *Hong-Kong & outros poemas*, o leva a dirigir-se a Tirésias, seu alter-ego. Se a lírica moderna implica na questão do Eu, isso significa que, nessa modalidade, o sujeito, tal como percebeu e teorizou Fernando Pessoa para a sua poesia heteronímica, passa de um si mesmo estável a umas tantas maneiras, desprendidas de sua própria pessoa, de sentir e conceber o mundo. Em *Hong-Kong & outros poemas*, a despersonalização chega ao auge; o poeta enquanto pessoa se mantém como espectador de um drama cósmico que ele mesmo monta, e de que o dia e a noite, o sol e as estrelas, a floresta e a cidade, o sexo e o amor, inconciliáveis contendores, são as "persona dramatis" principais. Vendem-se estrelas no mercado, especula-se com o ouro do sol. A treva da floresta é a selva da cidade fechada, onde árvores se enfileiram, alfabéticas. Predominantemente noturno, o drama cósmico se aprofunda quanto mais nos poemas, providos de imagens cortantes, gritantes e coleantes – espinhos e serpentes, "estrondo da aurora", "Arara, aurora" – se apura um movimento verbal de dissolução, roedura, soçobro, devoração, por sopra, com idioma próprio, a respiração expressiva do verso.

Nenhum poeta anda sozinho; poeta é ser de companhia. Aqui e ali alçam-se as vozes de Rimbaud, de Laforgue, de João Cabral de Melo Neto, como de Mário Faustino. O idioma próprio de Antônio Moura transfunde essas vozes numa corrente erótico-metafórica, que sexualiza, em Almoço na Relva, réplica do *Dejeuner sur l'herbe*, de Manet, o drama cósmico, ou que resume o mundo no renitente canto noturno do não-Eu estranho: "Casa-Noite, quatro/ janelas/ /através, um grilo/ ópera todo o seu ser/ composto de arredores – paisagem/ e quase só som por dentro/ / Entre/ norte, sul, leste, oeste, cinco/ sentidos quase janelas/ abertas ao/ não dito/ / Alfabeto-Grilo".

Julho, 1999.

Hong-Kong

A Edson e Fátima Secches

Paira
    sobre as cabeças
uma alta quantia de estrelas

Na terra
    olhos vendados
onde se lê grafitado: *à venda*

Sob
o céu
esticado
    — tenda —
o burburinho-mercado
prega
(pregão)
a milhõe$
      $
         $ $
        $
     $
        $
de planetas

(nuvens com etiquetas)

à noite
    o sol é ouro especulado

&

O Carro de Apolo

A Clemente Schwarz

Esfolado vivo
este dia — uno

por hunos condenado
— labareda-língua

entre o sumo das
e o húmus da

(rosas, carnificina)

Apartado

Para
trás
está
emaranhada
a floresta

flor besta-fera
                abrindo-se
ao hálito da serpente
— tenebra

está a horda
de Calibãs,

clareira — aroma
de ervas

(Sempre nascente na fronte a fonte de um rio
O diabo aprisionado numa garrafa sobre a relva)

Agora, noite caindo
(cidade fechada)
levanta e saúda
à distancia a folhagem
(quente, úmida)
que o vento penetra

e ereto, fala: falo
furando — térebra — os
muros, musgo, febre
de outra
selva

— pedra — vidro — névoa —

trespassando a sombra
do forasteiro

Julho

Nuvens
        Nuvens
                Nuvens

(branca pupila)

tambores brancos
— entrando —
velho varão, varando
— fogo branco —

a noite ostra

cobrindo de fina camada branca
a cama da branca
ninfo-suicida

ornando
(flores de gelo)
de branco a branca
ante-sala da morte —

irmã de outro
frio, de
dentro

in
(o
pássaro
alça
seu vôo
em br
asa)
verno

VÉSPERA

À espera de Vésper
riscas na praia o
círculo da noite

Arde a asa violeta
Fogueira   Estrela

Riscas o
e danças ao

      — Centelhas
da estilhaçada estrela, cruzes de fogo
marcando o destino desdito na areia

      Tu
      Tirésias
       montado num morcego
      Tirésias
      cego mor
      sobre o
      mar
      cego
      esperas

Vésper à

CASA-NOITE, quatro
janelas

através, um grilo

ópera todo o seu ser
composto de arredores — paisagem
e quase só som por dentro

        Entre

norte, sul, leste, oeste, cinco
sentidos quase janelas
abertas ao
                não dito

Alfabeto-Grilo

MOCAMBO

A Régis Bonvicino e Darly Menconi

Meio-dia

olho-Sol
esbugalhado: Ó

os
so
retorcido: S
em brasa

sob a
pele sub
humana
esti — papiro — cada
seca sobre a carne zero
exposta ao
céu — miséria
a pino

Corpo — haste
ainda em riste

neste

cemi
tério-favela, semi
lírio

ÁLBUM

Vai-se, esvai-se o clã

o pai
       a mãe
              o irmão
                      a irmã
Vão-se
os gatos
Vão-se
os cães

Volta?

   Enquanto

o dia e a noite
dialogam loucos
quedando os torsos
                à tua porta

PEDRA

    egípcia, pisa
grã-cambraia
              - areia -
ao olhar
do caramujo

   marujo achado
em aranhol de algas

      - teia -

Newly-arrived in the house of the thirties and a few steps into the garden
        a well
                here
        a fountain
                  there

Here, still water, a
yesterday drowns — totem
pushed to the precipice
There, the now, spurts — urine
speaking to the infinite

While
                foggy-silent
pulses the
tiger, around

                the garden

Recém hospedado na casa dos
trinta e poucos passos jardim
adentro
       o poço
            aqui
     a fonte
         ali

Aqui, água morta, um
ontem se afoga — totem
empurrado ao precipício
Ali, o há, jorra — falo
urinando para o infinito

Nisso
           brumo-silencioso

vibra o
tigre, ronda
         o jardim

CANÍCULA

A FRANCISCO DOS SANTOS

Entre torres
[estorricado]
o céu dragão

deus-demo

lasca —
chifres —
facas —
        contra muros de cal

Alfabéticas

andirobas
buritis
c
    d
embuias
      f
  g
h   i
jacarandás
     l
m
    n
oitis
    p
q   r

samaumas
urucuns
    v
   x
z
ilegíveis
        lançam não sombras a beira do sem rio

desarvorado, lagarto infernal

arrasta-se a multidão

Numa estação do metrô, *around
1916 d.c*., a aparição das
faces na multidão, pétalas
num ramo escuro úmido,
dilata a pupila de Ezra,
enquanto outra turba
(a mesma?) se despetala:
um tiro (a esmo) desfolha
a bala a rosa da multidão,
numa estação do metrô,
1998 d.c.

FRIBURGO

A WASHINGTON BRAUN

Hibiscos.
Pequenos sóis terrestres em flor
à sombra da

montanha
encimada por

outra
flor: sol helianto

que desde a manhã
a este crepúsculo
muda cor

à rocha verde azul
púrpura agora
negra

Pedra do
Imperador

ABRIL, 22, 1999

Mãe, outra vez em

teu ventre (voz
tornada à ostra

estrela — silêncio

atrás da porta
que se fecha
ao ar mundano

e mesma abre-se
a outra brisa,
noite, jardim

que não se extingue

1922
1992
    A Vivi

Agora se
o espírito da letra — Amon
Toth
Amém — da rasura deserta

resta
o

Tetra
gramaton
A resposta secreta

NOITES, DIAS

MUSA

A CRISTINA SOUZA

É no par de mãos
que sob escombros
trabalham o desprezo
que lhes tem o tempo
É na boca, onde pássaros
desovam em silêncio
É no olhos — queimando
É no corpo, estendido à intempérie
de desertos cobertos de sóis sujos

É
na carne — poesia — que tua angra
de granito
se inunda — Um navio com suas luzes
               afundando em água noturna

Noites, Dias

A Luciana Medeiros

Noites de seda   obsedantes
Dias de caos   causticantes

Um céu silêncio   de estrelas
explosão   diamantes

Um sol confusão   de homens
nomes entre si   distantes

Um céu   macio, sexo
Um sol   duro, osso

Um mundo   sem nexo
exigindo   corpo

CAÇA

Bronze azinhavrada
esta
florida seta — setembro

singra — tenso — o
arbusto
entre

                    Dardo
silvo ereto solitário
                    vara
a flora emaranhada
fundindo, fundo,
            fauno à
            fauna

Virgem carne lebre atravessada por
teso arco
sagitário

Li Shang Yin, li-o.
E não a vi, não a vejo
             hoje

Raio parta o vento leste
se não leste
isto: vento

casulo sonoro
desenclausurado
para teu olvido

À tua senda ainda há tempo?

Sedentos de poeira
os cadarços da partida

SETAS

Teu olho finíssimo fere
o espelho
refletido na faca

Tua faca refletida no espelho
fere
o finíssimo olho

Teu espelho teu olho tua faca
ferem-se
finíssimos

O JARDIM DO PALÁCIO

A MARTA

No princípio
tuas íris
     — águas

onde boiaram
minhas íris
     — algas

sob arcos
árabes: tuas
duas pálpebras

 Agora

varando arcos,
águas, ardo

— silêncio —

entre as palavras

Sabá

A Walter Freitas

Na noite surda de tambores
lambo nomes, lâmina e veludo,
iludido pelo sangue do amor
na rosa negra

estrela de granito sobre a erva

o sangue do amor ardendo negro
ao sim sibilo espada adaga farpa
rubra ao som do nome decepado
sábado na dança dos escravos

ao céu da noite surda de tambores

flores pêlos no mênstruo sangue
das possuídas, hidras entre as sombras
crescendo, ao õ da onda, ronda dos
demônios, domínios da noite

ÉKSTASIS

A WILLIAN BRAUN E TEREZINHA RIBEIRO

Círculo
     de fogo
Círculo
     de espinhos
             Eu&Ela
dançando no sangue
             de Dionísio

Círculo
     de fogo
Círculo
     de espinhos
Eu&Ela
          dançando
ao som do riso
           de Dionísio

(Uma serpente
 — escamas de vidro —
queimando os pêlos
do princípio)

                    Eu&Ela
no deserto, branco — negro
andar em
círculos

Duas sombras
coaguladas
              — sangue
na pedra dos
sacrifícios

Almoço na relva

Do céu fechado
(semi-
círculo)
sobre o
lago
cai verde
uma gota de ave
          — excremento —
abre n'água
cír   círculos
concêntricos

O lago, outro
círculo

verde
circundado
por mais verde avermelhado
pelo círculo do sol
poente

relva onde talo teso gramo

às portas do seu
triângulo jardim

MANHÃS

GÊNESE

A ROSA CRISTINA

                Sangue
E pássaros afugentados de seu sono
pelo estrondo
da aurora   A primeira

palavra estalando ao fogo
Entre

abrindo pétalas
                  pálpebras

No 2º andar da manhã

A Cris Mendes

Sob
a janela um
ninho

vazio, rosa

de pluma palha pouso e
vôo —

estrela, ainda
úmida

entre ramos

Outra manhã

A Roque, Cláudia e José António

Por detrás do verde monte
(não-verde-oliva
não-verde-musgo
verde-não-verde
não-verde-mar)

por detrás do verde monte
(não-verde-mata
 ver de perto: entulho)
por detrás do verde-azinhavrado monte
de sucata, surge sujo

        grafitado
– cicatrizes, placas, logomarcas
confusa cabala, restos de cartazes,
frases, chagas – crivado de balas

 o
sol

    e ao fundo
o canto imaginário do galo
garganta
      jorrando
do pescoço decepado
(gargalo)
ao esgoto escuro
o sangue
reencarnado:
        outra manhã no mundo

Aurora, arara

A José Maria Cardoso

Amanheço — mudo,
emudeço

O pássaro sublinha a pena
o ruído

Osso calado diante do alado

Iço — um esqueleto
      no círculo vermelho

RUÍDOS

*All night afloat
On the silent sea we have heard the sound
That came from your wound. Your wound is a throat.*

Dylan Thomas

A P. P. Conduru

As traças

devoram este
deserto — leito
de vento branco
e negros esqueletos
trazidos à luz

        traçam

um leve murmúrio
de sombra nos muros
que envolvem a

voz

Somente o mar

Inútil
      ora, O
relógio
      roendo
a palavr
      hoje
          fugindo
pêlo-musgo que se alastra

A eternidade
      há-de
          desatar os pêndulos
                dissolvendo-os
                      nas águas

ARAR
o silêncio

moldar
- barro, borra -
        a
(   )
máscara oca

e soçobrar
um is
so, os
s

o

       Aqui
o pavilhão das serpentes negras

A
   cada passo o eco

               ao encontro

O rastro enrodilhado in
vertebradas heras —

               indo

a cobra-sombra estala a última vértebra — Z
era

Título	Hong-Kong & outros poemas
Autor	Antônio Moura
Produção, Projeto Gráfico e Capa	Marcelo Cordeiro
Editoração Eletrônica	Marcelo Cordeiro
Editoração de Texto	Ateliê Editorial
Formato	14 x 20 cm
Mancha	23,5 x 36,5 paicas
Tipologia	New Baskerville 10,5/13
Papel	Cartão Supremo 250 g/m² (capa)
	Pólen Bold 90 g/m² (miolo)
Número de Páginas	92
Tiragem	1 000
Fotolito da Capa	Macincolor
Impressão	Lis Gráfica